［俳句とエッセー］

気配

おおさわほてる

創風社出版

俳句とエッセー　気配

目次

青森少年時代

トウモロコシの花

青森県下北半島の夏は短い。それでも子供たちには待ちに待った夏。国家公務員の転勤族の子供だった私は、いかにもの都会っ子だった。目の前の大きな農家、後藤家。ここの息子は近所のガキ大将。引っ越してきたばかりは、よくいじめられたが、後にはよく遊んでくれた。目の前に広がるトウモロコシ畑は格好の遊び場だった。一体何をして遊んでいたのかは、もう思い出せない。身体の大きい優しい目をした後藤君だけが、しきりと思い出される。

私も六年生になった。後藤君は中学生。卒業してからほとんど遊ばなくなっていた。

ある夏の日、いつものようにトウモロコシ畑で遊んでいた。「あっ、後藤君…」。後藤君の半袖のYシャツと学生帽が、妙に大人びて見えた。少し、はにかんだ後藤君はそのまま家の中に消えていった。トウモロコシの花が風に揺れていた。

村芝居

青森県はむつに住んでいた。木造校舎の小さな学校は、全校生徒二百人足らず。不思議なことに、兄弟姉妹が必ずいた。「おめ、〇〇さの弟け？」。下の子はいつもこんな聞かれ方をした。村の田んぼを埋めて建てた待望の学校だった。それでも、遠いものは毎朝四十分以上歩いて通った。

生来、目立ちたがりで、笑いを取るのが好きだった私は、学芸会でいつも主役だった。今年は猿が二匹、夢が叶う装置を手に入れて、色んなものを出すという劇だった。勿論、私は一方の猿。「君は何が欲しいの？」。猿の私は得意になって「おにぎりの缶詰！」。すると、後ろからストンと缶詰が飛んで来る。

みんな笑った。上級生も下級生も。先生も用務員のおじさんも。おじぃもおばぁも、おどもおかも。村中みんなが来ていた。突然、弟が叫んだ。「あれっ！　ぶーちゃんだ！」。ぶーちゃんとは当時の私のあだ名。また、みんながどっと笑った。

東北の味

今年は冬が早いようだ。私は青森育ち。雪と聞けばわくわくする。登校にはミニスキーを履く。これは長さ三〇センチ程の小さなスキー。長靴に二本のベルトで括り付ける。そして橇。真っ赤なプラスチック製だ。ここにみんなのランドセルらを乗せて引いていく。田んぼをぬけ国道に。道路の真ん中からはちょろちょろと雪融かす水が出ている。歩道の脇は昨夜の除雪車が吹き飛ばした雪がうず高い。家々の軒先は雪の重みで悲鳴をあげていて、雪はいまにも崩れんばかり。その下には何本ものつららが。直径は二〇センチもあろうか、それがまるで鍾乳石のように節くれだって、一夜にして路面に突き刺さるのだ。いたずらっ子どもは端の一本を満身の力をこめて折り、刀よろしく、つららを次から次へ割っていく。カンカンカンと鋭い音をあげてつららの檻は折れていく。ここまで来るともう、汗だくだ。火照った顔を冷ますのは、顔付けが一番。さらさらの雪に顔を付けるのだ。顔を上げると、雪面にはくっきりと顔の形。これが何だか可笑しい。雪の思い出は尽きない。豊かな時間。そういえば先日呑んだ東北の酒は雪の味がしたっけ。

雨上がり

父親の仕事の関係で、青森県むつ市に住んでいたことがある。本州最北端、下北半島の中心である。といっても私が住んでいた昭和四十年代は本当の田舎だった。それまでは静岡県のG市に住んでいた。小学三年で転校した私はひ弱で、運動はまるでだめ。そのくせ標準語をしゃべり、勉強がちょっとだけできた。これはまるでいじめられっ子になる条件を十二分に満たしていた。案の定、毎日泣いて過ごす事になるのである。

六年生になった。担任は工藤強夫先生。先生は剣道部の顧問であり、叱られると物凄い雷が飛んできた。全校生徒二百人の木造校舎で、その存在は際立っていた。三年生の時、父親が無理やり剣道部に入部させたが、なんとなく辞めてしまっていた。私は不安でいっぱいだった。新学期が始まって、半月もするとその不安はどこかに消えていた。こんなに優しい先生はいなかった。もちろん不正義があれば先生は本当に怖かった。(それでも愛のむちではあったが)。何かと目をかけてくださり、私を引き立ててくださった。おかげで私は自然にいじめられなくなった。それどころかみんなが頼りにしてくれるようになったのである。

あっという間に楽しい一年が過ぎ、私はまた転校することになった。父の仕事の都合で官舎を出なくてはならない日が、卒業式に間に合わない事がわかった。いよいよ「むつ」を離れる日、先生は私のために一人だけの卒業式をやって下さった。教室に校長先生、先生方、そして同級生みんなが集まった。

父の車で出発することになった。紙テープでお別れをした。いつまでもいつまでも手を振った。もうみんなの姿が見えなくなっても、私はずっと後ろをみていた。マサカリと言われる半島に沿った国道が、緩やかにカーブを描いていた。

ある朝の事である。私はもう結婚していた。午前七時過ぎた頃だったか、電話のベルで起こされた。なんと工藤先生だった。今修学旅行で京都に来ている。八時には出発する。できれば会いに来いとのことだった。私は飛び起きた。今なら何とか間に合うかも知れない。急いでタクシーを飛ばす。もう旅館の前にはバスが並んでいた。「工藤先生！　工藤先生はおられますか！」「おーっ」。満面の笑みを浮かべて先生はバスから降りてこられた。今、校長をなさっており、これが退職前の最後の修学旅行なのだそうだ。僅か数分の邂逅であった。バスは新緑の街を出発した。雨上がりの路面が黒く濡れていた。

風薫る恩師はバスで出航す

あかぎれ

アリクイの舌の先にも春の月

純国産血糖値付蝸牛

品川で行方知れずのカブトムシ

人間のすることなんて青葉木菟

あっ僕はあやまらないぞあおばずく

初対面かたまったたままのかなぶんです

高層のエレベーターを蚊と降りる

ブラジャーにしがみついている黄金虫

猫よりも言うことをきく熱帯魚

神様が羽をくれたの夏の蝶

てめえたちゃ猫じゃねえ家守だろ

踏切を越えたら五月馬が来る

雨上り燕は路面を黒くする
アカハラは少年になって僕に棲む
でんでんむし恩返しはいたしません

星空にお前と二人なめくじり
カタツムリ合わせる顔がないんです
黴ですが地球の自転いつ止まる

蚊ですが大きな顔の人が好き
セキレイを吸い込んでいる秋の空
蜘蛛の巣が台風の目にはっている

未来予知研究所前スイッチョン
カマキリを助けておいて酒かける
雪虫に僕とそっくり顔顔顔

かんにんなかんにんなという冬の蝿

マスクして犬とおんなじ顔になる

大海鼠途方に暮れる相棒だ

あかぎれを我慢しているブルドック

母親

げにおそるべし

訳あって家を出た。だから全部一人でしなければならない。それはまあいい。母親が入院した。これは困った。この歳になって母親のパンツを洗うはめになるとは。

だいたい、この母親とはウマが合わない。五十を過ぎた息子の初恋話を所構わずする。いつまでも親戚の悪口を言う。何か気に食わない事があればすぐ喰ってかかる。先日も水道メーターが壊れたと言っては大家さんと大喧嘩。結局メーター代を私が払うはめに。追い出されては私が困るのだ。

入院当初はさすがに大人しかったが、退院間際になると本領発揮。看護婦さん人気のおばあちゃんになっていた。「あら、初恋の息子さん？」とは私の事か。快気内祝いを大家さんにしろと言っても、頑として首を縦に振らない。結局私が出向く。何しろ追い出されては困るのだ。

ある時、珍しく電話がかかってきた。白内障の手術を受けることにしたが、その説明面談に同席してくれと言う。気乗りがしなかったが、しつこく頼んでくる。その日は生憎、徹夜の勤務明けなのだ。

約束の時間は午後三時。朝、寝てしまえば起きられる自信はない。本でも読んで時間をつぶそうと、普段したことがないことをしたのがいけなかった。はっ、と目を覚ましたら、辺りはすっかり暗くなっていた。慌てて携帯に目をやると、数多の着信履歴。今となってはどうしようもない。

こんな日に頼んできた方が悪いのだ。私がいてもいなくても大したことはない。幾つも言い訳が浮かんでは消える。結局電話をしなかった。それからしばらくしてハガキが届く。「最初からそのつもりだったのですね」。そう思うなら思ってろ！と無視を決めた。

ある時、またハガキが届く。「あなたの人当りがどうしてきついのか、色々と考えてみました」「お風呂に入っていますか」。

また説教のハガキかとだんだん腹が立ってきて、とうとうビリビリ破いて捨ててしまった。

しかし、どうしてわかったのだろう。家を出てからというもの、まったく風呂に入っていなかった。全てシャワーで済ませていた。

私は今、毎日風呂に入っている。母とは、げにおそるべし。

母の日のひじきの焚いたんよく喋る

電話

しばらく連絡を取っていなかった母から電話があった。二回目の圧迫骨折で入院中と。その後、何とか回復して退院。ちょうど時を同じくして、ややこしい相続の話で行政書士さんが遠方から訪ねて来られたりして、何回か同席。話がまとまって私の所に実印の必要な書類が送られてきた。

物心ついてから母とは仲が悪い。馬が合わないというか、何でもひねくれてすぐ人を批判するところが、とても嫌なのだ。どうせ悪口を言われるのかと思うと、自然と足が遠のいてしまう。実印には印鑑証明がつきもの。母から印鑑を預かって役所で証明取って、また母の所に戻って、と考えるだけで気が重くなる。「自分で役所に行って、印鑑証明取って来れるか？」と電話する。〈えっ、あなたが行かないの？　なんで？〉と言われることを覚悟して。「はい、わかりました」。意外にも素直な返事。ふと涙が出た。母は昭和十年生まれ。私は五十五歳だ。

燕来る

母が引っ越しすることになった。アパートの二階に住んでいるのだが、圧迫骨折で入院。退院してからめっきり弱くなった。もうトイレに行くのもままならない。当然、階段の昇り降りなどと物色していたら、ラッキーにも階下の部屋が空いたのだ。

それでも、引っ越しともなれば、それは大変だった。二十年もの生活に物は溜まる。この際、思い切って捨てる事にした。ある物に目が留まった。「よくぞ、こんな物を」。

それは竹製の物差しだった。裁縫好きの母の愛用品の一つだ。子供の頃、弟とお揃いの服をよく作ってくれた。二ミリ毎に目盛りが刻んであり、五センチの所に黒丸、十センチの所に五つの赤丸、それが二重円の上に置かれている。

父は私が物心着いた頃から、というか記憶にある初めの頃から、私を殴った。

いきなり拳だと可哀想だと思ったのだろうか？　最初は、物差しを持ち、振り上げて見せた。不器用な私はどうしていいかわからず、立ちすくんだ。それが余計気に食わなかったのだろう。物差しは否応なく降りてきた。

我が家は長屋だった。みんなおんなじ造りなのに、うちには燕が来なかった。きっと、不幸な家には来ないのだろうと、何となく思っていた。

引っ越しの最中、盛んに燕が横切った。「もう、こんな物、捨てるね」。母は笑っていた。

冬薔薇

ぽこちんにしょう油が落ちた春淡し

おとうとの薄い唇春一番

春の宵隣の電車に僕がいる

春の雨同じラジオを聴いている

春の月千年ぶりに吼えてみる

水温むフランス訛りで叱られる

桜咲く母帰りたがる母の家

春風が遠くのパレード連れて来た

風光るタイムカードに息子の名

消去するマイドキュメント風光る

ゴミ提げて二人は五月の風の中

田植え終え辺り一面空となる

机拭く隅から隅まで夏野まで

無人駅一人占めしている青田風

日傘ごと海に落ち行く車椅子

教会に夕焼け持参の男来る

蓮の花ダンクシュートと恋に落ち

かくれんぼ見つけた人は鬼でした

実は僕満身創痍だ満月も
月光のパスワードはあなたの名
凸凹な二人のままで早生蜜柑

木の実降る父の日記の私の絵

立冬の大きなお尻丘に立つ

ベレー帽かぶれば恋するベレー帽

ハザードがついたままです冬のキス

妻一人子供は三人冬の星

冬ざれてソケットだらけの母の家

雪虫が群がっている墓碑銘だ
ちっぽけなぼくらのちくびゆきがふる
かなしみがひろがっていくしもばしら

冬薔薇しんだらほんとにしゃべらない

父親

お腹

その昔、『それは秘密です』というテレビ番組があった。今から思えば酷な番組で、「終戦後の混乱で家族生き別れ、どうしても肉親に会いたい。何とか探してほしい」というような内容だった。もう会場に、夢にまで見た人が来ていることはわかっているのだが、会えるのは終了間際。念願の再会を果たした二人はただ、抱き合って泣いているだけ。その横で司会の桂小金治の名調子がまた視聴者を泣かせたのだった。

父親は欠かさずその番組を見ては黙って泣いていた。目を真っ赤に瞬たかせて。彼は絵にかいたような雷親父で、普段は全く近寄りがたかった。ところがこの番組時だけは全く別人のようであった。こどもの頃はそんな親父の変化が全く理解できず、ただただ不思議な時間が流れた。父親はテレビを見終わっても何も言わなかった。

もの心ついてから、私は彼に徹底的に反抗し続けた。彼が望まない学校、望まない職業、そして望まない結婚をした。今となっては何が正解だったのかよくわからない。

私は丁度五十五歳になった。公務員であった父親がその早い定年を迎えた年齢だ。その後彼は自分らしく生きようとどこかへ消えてしまった。もうあの番組はないが、もう一度会ってみたい気がする。当時の彼と同じようにぷっくりと脂肪の溜まった私のお腹を見て、彼は何と言うのだろう。また黙って目を瞬かせるだけかもしれない。

親父にも秘密はあったか露草に

打ち水

「けじめを文書にして持って来い！」。？？けじめって？　よくわからない。ホテルの宴会場のカラオケがうるさいと客室からクレームがあり、お詫びに行った。私はホテルのマネージャー。相手は宿泊客だ。

ドアも開けようとしない。ドア越しに中から怒鳴っている。結局は「詫び状」であった。心から申し訳ないと思い、直接出向いた者には顔も見せない。求めたものは、紋切型の語句を切り貼りした詫び状とは。

ふと、父を思い出した。私の父は弱い人であった。毎日のように酒を飲んでは仕事の辛さを、家族にあたった。いつしか、私も反発するようになった。そんな時、父はこう言った。

「お前の言うことは理屈だ。理屈は合っているかも知れない。ただ、俺はお前の父親だ。だから、お前は俺に謝れ！」

息子に反発されたなら「男の沽券にかかわる」のだろう。だからよく「誓約書」を書かされた。

弱い人はよく吠える。そして形を渇望する。私は貴方より下の者ですという証を。

そんな父が突然いなくなった。子供も成人した。もう役割から降りたかったのだろう。いつまでも、気の合わない女といる必要もない。

久しぶりに母の家に行った。相変わらずの説教だ。彼女にとって私はいつまでたっても子どもだからしょうがない。喋り続ける母を尻目にベランダに出た。朝顔が大輪の花を咲かせていた。ふと見ると古ぼけたジョウロが置いてある。父の愛用の物だった。水の好きな人だった。マンションに移ってからもよくベランダに水を撒いた。「母さん、蛇口借りるよ」。

白く熱を帯びたコンクリートは、みるみる黒く潤んだ。

髭面で背中の人と水を打つ

●●●

おーいおーい

●●●

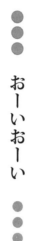

初夏のノーブラの男駆けて来る

床屋さんハサミシャカシャカシャガの花

時々は風を浴びたい扇風機

うれしいと眼鏡が落ちる梅の実も
でんでんむしたまにはワンとないてみろ
永遠に老けない爺さんところてん

空蝉がついたままです鼻の下
花野原おっぱい二つ落ちていた
京都市左京区キューバ曼珠沙華

雪催私の皮は左きき

ラジオからかすかに漏れだす雪達磨

ググってるボクもカノジョも寒鮒も

風花を落札したよヤフオクで

二月尽王様の耳はパンの耳

ねえ、起きてあなたは春のぷっちんぷりん

重箱の隅で待ってるしらす干し

春の夜輪廻転生回転鮨

じいちゃんはぼけぼけぼけぼけぼけのはな

水温むおーいおーいはーいはーい

弟

S

Sは四人家族の末っ子として生まれた。父は典型的な男尊女卑の左官屋の出。母は田舎の末寺の末っ子。その両親から愛情を注がれず、寺の娘というプライドだけを頼りに育つ。見合い結婚。最初から上手くいくはずがない。

気の弱い父はそれを悟られまいと酒に溺れ、母を毎晩のように殴った。子供が成長すると、その暴力は子供にまで及んだ。Sの兄はその暴力をまともに受けた。兄は親から受けるストレスをSで発散させた。もちろん殴って。

この両親は田舎者の常として学歴にこだわった。自分の子供は当然一流大学に行くものと。兄は勉強はできたが凡人であった。Sは勉強ができなかった。兄は二流大学、Sは高校を出て父親に就職させられた。「お前は馬鹿だから」がその理由であった。ある時Sに結婚話が舞い込んできた。Sも両親もひどく乗り気であったが、結納金を納めた直後相手は姿を消した。結婚詐欺。父親は「お前が馬鹿だからだ！」とSを殴り続け、とうとうSは精神を病んでしまう。
五月二十六日はSの命日である。

弟

弟が顔出している鯉のぼり

石が跳ね弟が跳ね夏の川

弟は蛍で飛んだぼくはまだ

弟が土偶の目をして大夕焼

コスモスが風をつかむよ弟も

鈴虫の鳴いてる方が弟だ

弟の写真にいない文鳥は

天高く水たまりには顔と顔

爆ぜるもの銀杏弟恋心

弟のピッチパイプ吹く冬木立

ジャンプする橇も　お山も弟も

弟と息をひそめる雪女

弟が葱になった日母帰る

見上げてる大きなツリーと鼻の穴

弟と喧嘩をしたよ冬菫

揚雲雀弟の顔見ているか

弟はタニシと一緒箱の中

畦道は弟眠る蛙道

弟の顔に出会った春の風

結婚当初

顔見世

会社でせっかく取れていた顔見世の切符が余ったので、誰か行かないか？という
ことだった。若夫婦には決して安くない金額ではあったが、かねてから憧れていた世界。思い切って行くことにした。

京都四条の南座はちょうど改修したばかり。席は午後の部で一等席。花道のすぐ脇だ。普段は絶対に買わない二段弁当とお酒。否が応でも期待は高まる。

演目も最高だった。幸四郎の弁慶に孝夫の富樫の勧進帳。そして圧巻は義経千本桜。源九郎狐が満開の桜の中を消えて行く。まさに目もくらむような豪華絢爛な世界。しばし酔いしれて外に出た。

あっと声をあげた。入場した時とはうって変って、一面の銀世界。まさに狐に化かされていたような。あれから二十年以上の月日が経った。毎年、まねきを見るたびに心躍る。が、今は行くまい。またそんな余裕もない。いつか出かける気

になるのだろうか。精一杯生きてきた自分にご褒美をあげる気に。

似て非なる

クリスマスの頃になると思い出す事がある。子供はキラキラしているものが好きだ。バイメタルの入った電飾。電源を入れてしばらくすると点滅を繰り返す。子供は何時間だって見ている事ができる。ビー玉、おはじき、貝ボタン、何でも手にとってみたがる。そうして、世界を知って行く。

ところが、人間は時にとんでもないものを生み出す。例えば瞬間接着剤。水分を得ると瞬時に強烈な接着力を発揮し、たちまちのうちに白濁して硬化する。釣り道具に使われる所以である。

ある休日の昼下がり、妻は外出していて不在。ようやく歩き始めたばかりの息子と二人で留守番。生来の釣り好きな私は、お気に入りのルアーを取り出す。もちろん針がある。子供が近づかないよう細心の注意を払う。痛んだ部分を補修する。瞬間接着剤の威力はすごい。おっと、子供がやって来そう。急いで片付ける。

突然、子供が火がついたように激しく泣き出した。目が完全に塞がっている。指に白い物が固着している。瞬間接着剤の一滴が、気が付かないうちに落ちていたのだ。子供のアレルギーのために床はフローリングだった。水分は全く無い。一滴の接着剤は、午後の陽光を浴びてキラキラと輝いていた事だろう。子供の皮膚は柔らかい。水分を多く含んでいる。ましてや目ともなれば。子供はいよいよ泣き叫ぶ。突然、目が開かなくなり、暗闇に放り込まれた。泣けば泣くほど、ますます固着して行く。なぜ、目をこすったのか。いや、眼球に着いていたら、どうするのだ。悔やんでも悔やみきれない。

眼科医が丁寧に溶剤で少しずつ固着した接着剤を剥がして行く。もう子供は泣き疲れ果てている。幸い眼球には至っていなかった。もう、とっくに成人した息子はそんな事があったなんて、憶えているはずもない。彼は彼の人生の課題に取り組んでいる事だろう。

さて、クリスマスにはサンタクロースがつきものだ。白い髭に白い眉毛。流石に眼科医も睫毛までは手の施しようがなかった。息子の睫毛はその後しばらく、まるで老人のように真っ白く、まばたきをする度にバシバシと音を立てていた。

サンタクロースを見る度に、あの息子の睫毛を思い出し、胸がうづく。何もしてやれなかった、多分、これからも。

穴

電子レンジに穴があるのをご存じだろうか。えっ？　見当たらないって？　ドアを開けて、そのドアの接する面、右側をご覧いただきたい。しっかりと縦長に穴が二つ開いている。そう、ドアのフックの収まる穴だ。

夕方帰宅した。誰かが泣いている。まさに火のついたように。携帯もなかった頃の話である。

見ると、義父も来ている。その膝に娘が大声をあげて泣いている。その手は電子レンジに伸びている。子供は穴好きである。何でも指を入れて確かめようとする。そうして世界を確認していくのだろうが。指が一本ことあろうに、件の穴にすっぽりと収まっている。引っ張ろうにも、押そうにもどうにも動かない。周りから油をさしたり、傾けたり。これはもはや分解するしかなかった。もうかれこれ、一時間は経つだろうか。ようやく分解して穴のあるパネルが取れそうというとき、するっと外れた。

この時、膝に乗せてくれていた義父はすでに他界した。件の娘は鍼灸師めざして修行にはげんでいる。何でも人間の身体にはいくつものツボ、つまりは穴があいているそうな。

たんぽぽに

二度づけ禁キャベツと恋は何度でも
紫陽花に命をかけてインタビュー
宇宙船うちのトマトは赤いです

きゅうりって人がいいにもほどがある
冬瓜を指名手配が買って行く
悪口を言うコスモスが揺れだした

地球から脱出したのさつまいも
気がつけば二人の舌の蔦めいて
改札を抜けてかぼちゃの中に入る

コスモスのトンネル抜けて父となる

WE WILL WE WILL ROCK YOU 曼珠沙華

僕は今ブロッコリーだ近寄るな

仁義礼智いざとなったら犬ふぐり
花びらがヒンヤリペちゃと付く乳首
こんな僕パンジーにまで笑われる

本州のど真ん中にはチューリップ
ビニル傘花びらのままたたみましょう
濃口の醤油一滴桃の花

たんぽぽに地球が一つ乗っていた

たんぽぽの

先頭はアリストテレス蟻と列

南風イパネマっ娘にメールする

夏越し来てエゴン・シーレ泣いている

鈴虫はいつも一緒に広瀬すず

ジャックです豆の木植えます何度でも

野分来る音楽室のシューベルト

天高くヒッチコックのヒッチハイク

オリオン座浮かれているよジョン・レノン

ウルトラマンみんな背広で冬帽子

春雨の太宰治のレンジでチン

盲目のパントマイム氏水温む

晩春のスーザン・ボイルの茹で玉子

タンポポのあたり一面

高倉健

中年哀歌

ふわっ

ずっと体育が苦手だった。高校生の時、前転の授業があった。前方倒立転回。マットに飛び込んで、両手を着き一回転するあれである。なぜかその日はいけそうな気がした。

授業も終盤の頃、ふわっと、身体が宙に浮いた。「あっ、飛んでる!」。何も考えていなかった。ただ、身体が浮いていた。とん!気がつくと、二本足で立っていた。「何これ？ できたの?」。自分が信じられなかった。もう一度やってみた。また同じ感覚になった。ふわっ、とん! 「できたのか!」。こんなことは初めてだった。一人でかみしめていた。そうして授業の終わりがやって来た。

「今日はいつもと違う人がいます。大澤!やってみろ!」「えっ!」。廻りの目が一斉に注がれる。緊張で脚がガクガクする。走りながら「あっ駄目だ!」と分かった。案の定、周囲は一挙に落胆に変わった。「先生、もう一度やらせてください」。

そこでやめておけばよかったものを。

死ぬまでに、もう一度あの「ふわっ」を味わってみたいと、五十過ぎのお腹を見て思う。

苦い味

私は築四十年のボロアパートに住んでいる。家賃が安いのも魅力だが、環境が素晴らしい。前は畑、裏は田んぼだ。五月の声を聞くようになると、裏の田んぼは一気に萌え上がる。そう、蛙で溢れかえるのだ。夜ともなれば喧しいなどというものではない。私は蛙が何よりも苦手なのだ。苦手どころでは無い。間違って蛙に触ってしまうものなら、気絶してしまうだろう。

もう何年も前になるが、恩師と吟行に行った。畦道の際のごく浅い水の中に、アカハラが沢山佇んでいた。所謂イモリである。赤いお腹が毒々しい。

突然先生が「アカハラ摑める?」ときいてきた。そんな蛙も触れないのに、無理に決まってる。「ええ、大丈夫ですよ」。俺は何を言ってるんだ? いつもの悪い癖だ。できもしない事、知りもしない事、カッコつけすぐ嘘をつく。勇気を振り絞り水の中に腕を突っ込む。できない。「あっ逃げられた」。

アカハラは知らん顔して、水中に佇んでいる。今でも眠れない蛙の夜はこの時の事を思い出す。苦い味がする。

ジャマイカ

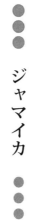

ベートーベン月光ソナタ蛸も聴け

春うらら歩道橋は蛸だらけ

靴下を履いたらいつも蛸がいる

食べながら謝っている蛸と人

ネクタイを結んでみたら蛸だった

腕八本全部貴方を愛してる

残業ですタコ足配線春うらら

蛸が行く落とした涙は犬ふぐり

聞かせてよ燕と蛸の物語

西の蛸東の人と大夕焼け
蛸熱く語るくちびるぼたん雪
悲しみが全身赤い蛸になる

ばあちゃんの入れ歯が落ちた蛸薬師

歳の市あねさん六角たこ玉子

受験前タコのし過ぎにご注意を

欲はない応分の恥はある蛸の足
支配人蛸そっくりで蛸嫌い
二の足を踏んでしまった蛸と蛸

ジャマイカにタコの大群星月夜

ホテル

選択

ホテルのフロントに配属になった頃、リゾート開発に関する講演会に出た。講師は○○大学の教授。感動した。グリーンツーリズムをするんだ、○○県に行って。と強く思った。丁度、その県に有名なホテルがオープンしていた。私の心は千々に乱れた。誰に相談したらいいのか？　ふと思い浮かんだのが、合唱団の指導者であるN先生だった。

先生はじっと話を聴いていた。私が語り終わったあと、先生はこう言い放った。「人にはそれぞれ役割っちゅうもんがあるんや。木を植えるのはそのおっさんに任せておけばええ」「それよりお前が感動したのは、そのおっさんがKと同じ○○県やからと違うか？　そうやなかったら、今の会社辞めようと思うたか？」。結局私は会社を辞めず、その後別の女性と結婚した。

ある日のこと、突然、訃報が届いた。先生だった。葬儀には仕事で参列出来そうもなかった。その前日、私は休みだった。どうしても先生に会いたかった。バスを乗り継ぎ先生宅に向かった。チャイムを押した。

あの若き日の選択は正しかったのかどうか。誰も分からない。今も私はここにいる。

願わくば

会社の人数が足りなくて、新入社員女子二人が僅か半年でフロントに入った。厳しい職場である。

二人は対照的だ。一人はミスをしても決して認めようとしない。ミスをすることを極端に怖れ、必死で鎧を着て、自分を護っていた。だからその鎧が崩れた時、会社に来れなくなった。

もう一人は、「私はできない性格。だから求められても困る。それなりに頑張っているのに」と甘えが先に立つ。

最初の子は長女で父親からいつもやかましく言われて育った。曰く、「お姉ちゃんなのに！」「こんなこともできないのか！」。彼女は一人暮らし。体調を崩しても家に帰ろうとしない。父親が恐怖なのだと言う。一方甘えの子は一人っ子。両親と暮らす。父親がとても甘やかしてきた。会社の先輩の態度に耐えられない様を父親に告げると、「人事異動させてもらいなさい」と言う。げに親の教育とは恐ろしい。子供はいかにそれを乗り越え、飛び立つか。一生かかるかも知れない。

願わくば愛する喜びと出会い、ともに歩んでいける人生を。

名指し

勤務中に名指しで電話が掛かって来た。「株式会社○○のアオヤマと申します」。丁寧な口ぶり。だが初めて聞く名前だ。「実はある企業のオーナー様からの依頼で、その企業様にふさわしい人材を探しております。私どもはヘッドハンティングの会社でございます」「慎重なるリサーチを進めて参りました結果、あなた様が企業様の求められている人材との結論に至り、お電話をさせて頂きました」。だんだん気持ちが高揚してくるのがわかる。電話をしながら、パソコンで会社名、電話番号を調べる。別に怪しい会社ではないらしい。

「お会い頂けること、誠にありがとうございます。改めて日程調整担当の方からお電話させて頂きます」。さっきまでと気分は一変してしまった。どこかで誰かが褒めてくれている。これを汚してはならない。会う人会う人が皆善い人に見えてきた。全ての人に優しくしよう。

あれから一週間たった。その後の電話は、未だない。それでもいいか。私は相変わらず優しい気持ちでいるから。

ノエル

最近は十一月の声を聞くと、もうクリスマスツリーだ。私の勤めるホテルでもロビーに一〇メートルを超えるツリーがそびえ立つ。煌めくＬＥＤ。沢山のプレゼントボックスが周りに置かれ、その谷間をぬうように、蒸気機関車が走る。子供たちはトンネルから出てくる機関車を今か、今かと待つ。

いつもの光景。いつもの平和な時間だ。

今日はクリスマス。賑やかなパーティ客も既に帰途に着き、ロビーはようやく落ち着きを取り戻した。「マネージャー、装飾屋さんが呼んでます」。そうであった、これからこの機関車も車庫に入らなければならない。ＬＥＤもようやく消灯だ。日本のホテルの宿命、あと数時間もすれば、ロビーはすっかり様変わり。門松に、菰樽、金屏風に彩られる。

「もういいですか？」。装飾屋さんに催促される。ちょっと待って、さっきからどうしたことか機関車が動かない。一人の男の子がずっとトンネルの前で待っている。「お母さん、どうして機関車さん来ないの？」「どうしたのかなあ？　きっともうねんねしたんだよ。さあ、けんちゃんも、もうねんねしよ？　また明日見に来ようよ」。

（ちょっと待って、お母さん、明日の朝にはもうこの飾りはないよ）。ツリーの後ろで四苦八苦しながら泣きたくなる。とうとう、その母子はエレベーターに向って歩き出す。仕方ない。

突然、側でその様子を見ていた西洋のご婦人が私にプレゼントボックスの向きを直すように言った。ヨと書かれたその箱の向きが逆だと言う。Eと直して見ると四つ並んだ箱は、ＮＯＥＬと読める。件のご婦人はにっこり微笑んで去って行った。その時である。突然、機関車が動き出した！

私は急いで、エレベーターの方まで駆けて行く。

早春賦

紅葉も終わり十二月に入ると、京都は嘘のように静かになる。私の勤めるホテルも同様だ。ある日の夕方、いつものようにタクシーをお迎えする。「お帰りなさいませ」「はい、ただいま」。前の座席から初老の男性、後ろから杖をついた高齢の女性、続いて娘さんであろうか。みんな着ぶくれて毛糸の帽子。「お母さん大丈夫?」。どことなく関東訛り。夜気が肌を刺す。ロビーに入った途端「あったかいね」。お母さんと呼ばれた女性は、ゆっくりゆっくり杖を進めながら頷いている。この時期のお客様はありがたい。今日は夜勤。何も無い事を祈るばかりだ。

午後九時、突然、部屋から呼び出しが。「母が入浴中に倒れたのです!」。ドアを開けると、「お母さん、お母さん!」反応がない。口元に手を当てると、かすかに温かい。急いで救急車を要請、ＡＥＤをセットする。〈電気ショック必要有りません、ただちに胸骨圧迫と人工呼吸を再開してください〉のアナウンス。生きてる！　心臓マッサージだ！

二時間後、ご家族が戻られた。「駄目だった」。警察官に部屋の見取図を渡し、一緒にお部屋に。乱れたシーツが痛々しい。

しばらくして、廊下で待機するよう促され、一人退室した。「あれっ？」。ドアの鍵のランプが点いている。このランプはカードキーを挿入して、ロックが外れたら点灯するランプ。カードキーを抜いてドアを開ければ当然消える。ご家族がお部屋に入ってもう何分も経っている。点灯しているはずがない。

そっとドアを押してみる。何と開くではないか。突然、理解した。廊下の宙を見上げて、「お帰りなさい。さあ、どうぞ」とドアを大きく開けた。ふっとランプが消えた。

一時間程して警察は帰って行った。お婿さんと思われる男性はどこかに電話しに出て行かれた。娘さん一人残っておられ、丁寧に頭を下げられた。「実はさっき、お母さん戻って来られたんです。いま、ここにいらっしゃいますよ」とランプの話しをした。娘さんの目が光った。

年が明けてしばらくたった頃、寒中見舞が届いた。男性名で届いたその葉書には、四十九日と納骨を無事済ませたとあった。末尾に万年筆で「こちらは水仙が満開です。どうぞ御体を大切に」とあった。

ひとみちゃん

自販機で売られています雪女郎

アマゾンで翌日配達雪女郎

爆買いで買いそびれたの雪女郎

永遠に再婚禁止雪女郎

今度こそホテルでお見合い雪女郎

雪女郎籍を入れたが同居せず

壁ドンに怯えています雪女郎

ドローンなら見つけられるか雪女郎

雪女郎街中歩いて気づかれない

雪女郎幾つもティッシュ渡される

その隈は徹夜明けです雪女郎

マッチ売る少女の名前は雪女郎

筑前煮得意なんです雪女郎

指パッチン得意なんです雪女郎

オロナイン常備している雪女郎

プリクラに一緒に写る雪女郎

ぶらんこは一人で乗ります雪女郎

シーソーも一人で乗ります雪女郎

ブラジャーの刺繍可愛い雪女郎
夢はあるＡＫＢに雪女郎
赤シャツで赤いパンツの雪女郎

ＦＢで友達探す雪女郎

休みの日ジーンズはいて雪女郎

新発売雪女郎飴三百円

本名はひとみなんです雪女郎

恋の物語

傘

六月になった。雨の時期になると思い出すことがある。青森の小学校を卒業し、いきなり京都という都会で中学生。右も左もわからない。

その時席が隣になった女の子。あだ名は『ぴー』。知らず知らずに意識していく。初めての恋。二学期も席替えしてもまた隣り。三学期もなんとまた隣りを引き当てた。「おれ、ぴーの横、もういやだあ」と裏腹のことを言い、別のくじと交換する。後悔、後悔。授業中、ひたすらその背中を見つめていた。

新二年生になろうかという時、急に転校が決まり、淡い恋はあっけなく終わった。何も言い出せないまま。

それから、十年ばかりして、偶然再会した。懐かしくて、話し込んだ。彼女はすでに一人暮らしだった。部屋に行った。心臓はもう飛び出しそうだった。夜が深くなった。話す以外、何もできないまま、「おれ、もう帰るわ」と言った。彼女は黙って、玄関まで来た。雨の日だった。わざと傘を忘れた。もう一度、戻った。やはり何もできなかった。

K

大学五回生になった。一回下に素晴らしい彼女はいた。忽ちのぼせ上がった。夏休み、同じ京都ということもあって、北山の資料館で毎日一緒に卒論を仕上げることになった。

夏の始め、私は愛を告げた。「付き合うことはできへん」。彼女には将来を誓い合った彼がいた。ところが、その彼は僧侶になるべく修行中で、一年に数日しか会えないのだと。

彼女はいかにも辛そうだった。その辛い顔、私は浅はかにもこう考えた。「一旦告白したからには、こっちをふりむかせないと、彼女は辛いままや！」。それから私は、彼女に、如何に貴女は素晴らしいかを説いた、毎日毎日。

彼女は健気にも、資料館に来てくれていた。ある時、電話でいつものように、彼女の魅力を説くと、「私は大澤さんの言うようないい子じゃない！　彼の事待てなくて、他の人と付き合ってたんや！」と絶叫された。そこでようやく、身を引いた。ちょうど大文字の日、白川通を「K、K、」と泣きながら歩いた。

今、その道を自転車で会社に向かう日々である。

もう一人のK

昔とっても好きだった人がいた。六歳も歳下のその人は、同じ合唱団の一番若いメンバーで大学三年生だった。その合唱団は日本でも有数の合唱団で、ヨーロッパに演奏旅行に行く程だった。社会人であった私も、会社に無理言って参加した。初めての海外、初めてのヨーロッパ。その中でスイスに行った時のこと。鄙びた田舎に古い木造の大きな橋が架けてあった。橋全体に屋根があり、その欄干は花で飾られている。ヨーロッパ最古の木造橋。

ふと気がつくと、誰かが袂で踞って泣いていた。西欧人とは明らかに違う黒い髪。彼女だった。その時はその訳を知る由もなかった。

あれからもう三十年。私の髪にも白い物が混じる。だが、今でも黒髪を見かけると、ちくりと胸が疼く。

ライムライト

もう三十年も前にもなる。携帯電話なんてなかった頃だ。

親友の家に遊びに行き、自然と同じ合唱団に所属する女の子の話になった。彼の部屋の電話に手を伸ばす。

女子大生である彼女の下宿の共同電話は一台しかなく、下宿人の誰かがでて呼び出してもらうのだ。

当然、その電話はなるべく手短に済ますというのが暗黙のルールだった。その下宿は、あとで知ったが、一階は男子、二階は女子だった。

「もしもし?」「はい、○○荘ですが」。めんどくさそうな若い男の声。

「あのー、Kさんお願いします」

「Kさーん、Kさーん」

バタバタと階段を降りる音。

「もしもし」

「K、今何してんの？」。やがて話はこの電話をかけている彼の部屋にあるチャップリンのビデオになった。「今から見るねん！　見たことある？」。

ライムライトは二時間はあろうかという大作である。事もあろうに、そのビデオの実況中継を弁士よろしく語り倒したのだ。

彼女が話しているのは下宿の一階の共同電話。若い男女の下宿。ずっと話し中だった。さぞかし迷惑だったろう、彼女は周りの白い目を浴びることになるだろう、それでも、ずっと電話に付き合ってくれたのだ。

今思い起こせば、なぜか清々しい。こんな私にも後先顧みず、ひたすらに、なんだろう、恋とも違う、友情とも違う、何かがはじまる前の、なんとも形容しがたい、時間と気持ちとそして若い身体があったのだと思う。

木更

始まりは告白大会冬合宿
チャップリン電話で二時間星銀河
如月の生まれだから名は木更

駆け出そう裸足になって大芝生
大耳であだ名はダンボ初夏のキス
学食で授業をさぼってカキ氷

練習はわざと時間差夏の宵

見送りの空港でキス夏の空

面接官みんな舌出す黄落期

なりたくない筈の教師に冬電話

映画観て言い争って枯葉道

二人して型抜き買った歳の市

手袋をはずしてポケットそれだけで
遠恋はしたくないよと春の文
通勤の後ろをついて夏の駅

お互いに無理して合わせた夏休み
二人して別れを告げたクリスマス
電話番号今も忘れず星銀河

仕事中ネットで探す春の名を

私の十句

未来予知研究所前スイッチョン

小学生の時、よく作文を書かされた。その地域は作文が盛んだった。静岡県G市を含む地域の名前、駿東（すんとう）。それが文集の名前だった。昭和四十年代初頭。今でも鮮明に覚えているのは、各学校の子供の代表が描いた未来予想図（かく言う私も子供だったが）。縦横無尽に走る高速道路。一人乗り専用航空機。動く歩道、壁掛けテレビ。そこに描かれた人々の顔は希望に満ちていた。

あれから半世紀。今思い出すと、あの時代の素直さが何だか気恥ずかしい。あの文集はきっと研究所だったのだ。だから臆面もなく明るい未来図を描けたのだ。

すっかり大人になってしまった僕らは未来なんてちっとも明るくないことを知っている。でももう一度夢見たい気もする。あの頃に戻って。

ぽこちんにしょう油が落ちた春淡し

母の実家は田舎のお寺で、伯父さんが住職を継いでいた。いとこは三人。ちょうど私たち兄弟と年齢が同じで、大の仲良しだった。江戸時代創建の本堂に続く庫裡は広く、走り回って遊ぶことができた。今から思うと、お盆の帰省だったのだろう。が、子供たちはそんな事にお構いなしに、かぶとむしに興じ、アイスクリームをかじり、たまに宿題をした。夜ともなれば花火大会。中でも私の一番のお気に入りは線香花火だった。小さな赤い火の玉がだんだん大きくなり、やがて火花が。これでもかと火花が叫びだすと本当にまぶしく、うっとりと見つめていたものだ。

やがて火の玉はぽとりと落ちる。「あっ!」一瞬の出来事だった。こともあろうに、なんとわたしの股間、つまりは男の子の一番気になるところに、落ちてしまった。安物の化繊のズボン、そしてパンツにはしっかりと丸い穴が。

これはもう、しょう油どころではないのである。

トラックで運ぶ材木雪化粧

小学三年生で、青森県むつ市に引っ越した。本州最北端、下北半島である。夏になれば、早朝、軽トラックが「いがー、いがー、ホッケ、ホッケ」と売りに来る。津軽海峡に面する大間港に上がったばっかりの烏賊だ。母が腑を取り、短冊にする。腑は後でグツグツと煮て、父親の酒のアテとなる。小皿に短冊を置くと、皿の模様が透けて見える。大間までは国鉄が走っていた。港そばの海岸にはウニがあちらこちらに散らばっていて、いくらでも取れる。生きているまま、卵を割るように、岩に軽く叩く。ぎっしりと実が詰まっている。それをそのまま啜る。

秋には網茸、海岸の松林に生えている。味噌汁に茶褐色の茸がどっさりと。冬は蛸。大きな胴体を寒風の中、軒先に吊るしておく。スルメが出来上がる。手で裂いて、煙突ストーブの上に乗せる。分厚い肉が反り上がり、湯気が立つ。トラックの荷台の材木が雪を纏っていた。冬が近い。

弘前のねぷた祭りは伯母である

私の母は十人きょうだいの末っ子で、母を産んだ時、もう祖母は四十二歳だった。だから体力的にもきつく、母は長姉に育てられたらしい。この伯母は母の二十五歳も年上なのだ。

誠にバイタリティにあふれる人で、村で一番最初に自転車に乗り、女学校に通い、やがて医者になった。母が昭和十年生まれだから、明治四十三年生まれ。当時としては本当に珍しかっただろう。

やがて二十歳も年上の男性と結婚し、早くにその夫君を亡くす。連れ子さんがいらっしゃって、その方に随分いじめられたらしい。それでも開業医として一家を支え続けた。

六年生の頃、件の伯母と弘前城へ花見に行った。ミイラの公開中であった。「ミイラは怖いから見ない」と答えた。伯母は「意気地がないねぇ」と笑った。土砂降りの雨だった。今でも桜の雨の日にはどこか胸がうずく。

少年に開かずの扉百舌が鳴く

青森の小学校を卒業して、いきなり京都の中学校に入学した。知っている友達は誰もいない。もう野山で遊ぶことはできない。その代わりボーリングやゲーム機があった。しかし私はどこか馴染めないでいた。夏にはやはり高速道路沿いの僅かな雑木林でカブトムシを探し、鮒釣りに興じた。

居場所がなかったのは親とて同じであったのだろう。ある時、学校から帰って、襖を開けたら、両親が抱き合っていた。

あの日以来、私の少年の日々は遠くなっていった。

ちっぽけなぼくらのちくびゆきがふる

酒に酔った父親がついに皿を投げた。彼が家族に難癖をつけ始めて、もう二時間は経っている。さすがに抑えていたものが爆発した。生まれて初めて、実の父親を殴った。私は高校生になっていた。泣いた。あとからあとから涙があふれてきた。思いがけず声も出た。これが嗚咽というやつか。

その夜、弟と肌を合わせ、唇を重ねた。二段ベッドの上で。僕らに他に何かできただろうか。

先生は口角に泡蟹よりも

大学四回生の時、クラブに明け暮れていた。というのは言い訳で、どうにも卒論ができなかった。卒論提出日、わざと遅れた。学生事務の人に、「締め切り時間は過ぎてますよね、わかってましたか」と言われた。留年決定、それもありかなと思った。就職は既に決まっていた。

家に帰り親に告げると、父親にこれでもかと殴られた。「今まで育ててやったのに、仇で返された」。何とか卒業できるよう、お願いに行くことになった。高級ハムを買い、母親と担当教授の家に向かった。

呼び鈴を鳴らすと先生は門の所まで出て来てくださった。「一体何しに来た?!」。門越しに母親がハムを差し出す。先生は決して門を開けなかった。「教授が学生の将来を考えるのは当たり前のことだろう。明日の教授会は最善を尽くす。帰れ、帰れ!」。先生は、そういってかぶりを振ると、扉の向こうに消えた。母親が泣きながら言った。「いい先生にめぐり会えてよかったね。もう留年していいよ」。

机拭く隅から隅まで夏野まで

スイスの美しい湖畔の街、インターラーケンからユングフラウホッホを目指す。まるでおもちゃのような列車は文字通りコトコトカタコトと急斜面を登って行く。到着？と思いきやここはグリンデルワルト。ここでアプト式の列車に乗り換えなのだ。次の発車まで四十分。もちろん駅には柵も改札もない。

突然、彼女が列車から降りて——駆け出した！　黒髪をなびかせ、長い脚の大きなスライド。そこはあたり一面のお花畑なのだった。私は慌ててついていく。

記憶は突然よみがえる。そして美しい。今日は窓を大きく開けて、夏の風を迎えよう。そして静かに吹かれていよう。

実は僕満身創痍だ満月も

「会社の言うことなんてすべて、自分たちの都合のいいことにしか聞こえない」。リクルートスーツに身を包んだKは、そう言って泣いた。彼女は代々続く村の校長先生の娘さんで、教師になることが義務付けられているような家だった。それでも、卒業後も京都に残りたくて会社訪問をしていたのだ。

親のたっての希望で教職試験も受けていた。「どうしよう。合格しちゃった」。そう言って彼女はまた泣いた。

二人きりで正月を過ごし、卒業式を迎え、引っ越しの用意。いよいよその日が来た。大阪空港で笑って別れた。半透明なガラス越しに彼女の姿は、やがて消えた。それから私はデッキに上がった。飛行機が飛び去って行く。私は泣きながら崩れ落ちた。

冬薔薇しんだらほんとにしゃべらない

十年間、有料老人ホームに勤めたことがある。そこは元気なうちに入居し、自立できなくなったら、手厚い介護が受けられるというのが売りの、いわば高級マンションのようなところだ。特に介護の資格を持っていたわけではない。ホテルマンであったサービスマインドを買われて、お元気なご老人たちのお世話係に抜擢されたのだ。入居するのに何千万も払っている。一筋縄でいかない人々の集まりだ。そのなかで、本当に穏やかで仲睦まじいご夫婦がいらっしゃった。夫君は腰が低く、物腰が柔らかだったし、お連れ合いは清楚で明るくて、そして夫君をいつもたてていらっしゃった。

突然、夫君が亡くなった。なんとあっけないことだったろう。お葬式を済ませ、お連れ合いにご挨拶をしても、なんだかお互いにきょとんとしていた。

ある句会で突然、棺に横たわる夫君を思い出した。悲しみが遅れてやってきた。

あとがき

最近あまり眠れなくなった。いつの間にか、髪は白い方が多くなり、体力も落ちた。運動もしていないのだから当然かも知れない。

睡眠導入に一番効果があるのは、音楽でも、お酒でもない。ラジオの語学番組。テキストはない。だから何を言っているのかほとんどわからない。適度な音量にしてスリープタイマーをかけ照明を落とす。間違いなく寝落ちしている。

エッセーを読んでいただければわかるが、私はこの半生、家族を求めてきたと言っても過言ではない。そうして結局一人になった。築四十年のボロアパートに亀と暮らしている。文章にできたことで、私の中で昇華できたことも多い。なまなましいことは文章にはできないものである。

俳句は独白でも日記でもない。必ず読者を想定して作る。その短さの故、どれだけ第三者に言外の物語を作ってもらうかがその命なのだ。俳句を作る時、常に誰かの気配が私を取り巻いていてくれる。

エッセーを書く楽しさに気づかせてくれた『つぐみ』のつはこ江津氏、そして船団代表坪内稔典氏、多くの句友に、気配をありがとうと。

著者略歴

おおさわ　ほてる

1961 年生れ。
2011 年「船団の会」入会。
2016 年京都駅前句会立ち上げに参加。

現住所
〒 606-8075
京都市左京区修学院坪江町 15-2　林荘 101
osawa_hotel@yahoo.co.jp
京都駅前句会
www.kyotoekimaekukai.com

俳句とエッセー　気　配

2020 年 4 月 30 日 発 行　定価＊本体 1400 円＋税
著　者　　おおさわ　ほてる
発行者　　大早　友章
発行所　　創風社出版
〒 791-8068 愛媛県松山市みどりヶ丘９－８
TEL.089-953-3153 FAX.089-953-3103
振替 01630-7-14660 http://www.soufusha.jp/
印刷　㈱松栄印刷所　　製本　㈱永木製本

ISBN 978-4-86037-289-7